LES INCROYABLES ÉNIGMES DE SHERLOCK HOLMES

Textes : Sandra Lebrun
Illustrations : Gérald Guerlais

LAROUSSE

SOMMAIRE

PRÉSENTATION

Sherlock Holmes est un célèbre personnage de fiction. Il apparaît à la fin du XIXe siècle dans les romans et nouvelles à succès de l'écrivain anglais Arthur Conan Doyle. Ensuite, ses aventures ont été adaptées de nombreuses fois au cinéma, à la télévision, au théâtre, en bande dessinée et même dans des jeux. Dans chaque histoire, Sherlock Holmes résout les enquêtes policières les plus compliquées grâce à son sens légendaire de la déduction.

Dans ce livre, tu vas suivre le détective et ses amis dans leurs aventures, et les aider à résoudre 80 énigmes de toutes sortes : codes secrets, devinettes, rébus, calculs, grilles de mots… Pour vérifier que tu as trouvé la bonne réponse, tu peux consulter les solutions à la fin du livre.

Amuse-toi bien, aux côtés du plus célèbre des détectives privés !

LES PERSONNAGES

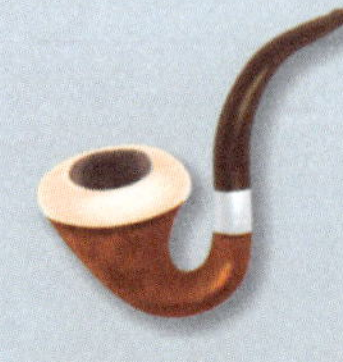

Détective privé, il a une excellente mémoire. Il a toujours une loupe à portée de main et son fameux *deerstalker* sur la tête. Lors de ses enquêtes, il est très souvent accompagné de son ami, le docteur Watson.

Ami du détective Sherlock Holmes. Ils partagent un appartement au 221B, Baker Street à Londres. Ensemble, ils essaient de résoudre énigmes et enquêtes.

Le chien Voyou a du flair pour mener Sherlock Holmes sur la bonne piste.

Elle est la propriétaire
de l'appartement où vivent
Sherlock Holmes et le docteur
Watson. Elle est très ordonnée.

Madame Hudson

C'est l'un des meilleurs inspecteurs
de Scotland Yard, le service de police
de Londres. Il est moins malin
que Sherlock Holmes, mais tout
de même très efficace pour
résoudre les enquêtes.

Inspecteur G. Lestrade

C'est l'ennemi de Sherlock Holmes
et, bien évidemment,
de toute la police.

Professeur J. Moriarty

n°1

MYSTÈRE AU MANOIR MALONE

Lady Malone a été poignardée. En arrivant sur les lieux du crime, Sherlock est reçu par Daisy, la secrétaire de la victime. Pendant qu'il fouille le manoir, mister Malone demande à Mary, la gouvernante, d'apporter un rafraîchissement au détective. Sherlock est rarement aussi bien accueilli !

Finalement, il découvre cette lettre dissimulée entre les livres de la bibliothèque :

SOLUTION P.86

n°2

TRACES DE PATTES

Le docteur Watson a laissé tomber la lettre que lui a envoyée Sherlock Holmes. Le chien Voyou a marché dessus et a laissé des traces de pattes un peu partout. Pour lire la lettre, il faut remplacer chaque empreinte par la lettre correspondante.

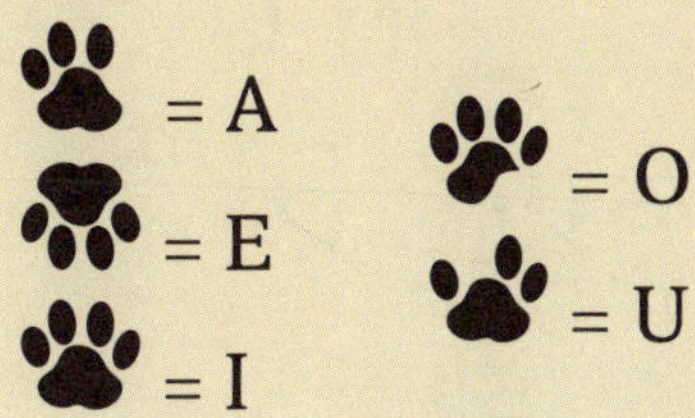

SOLUTION P.86

n°3

SORTIE

L'inspecteur Lestrade cherche par quel endroit Moriarty a bien pu prendre la fuite. Pour le découvrir, il doit écrire le nom de chaque pièce dans la grille en s'aidant des chiffres. La réponse apparaîtra dans la colonne colorée.

2 - Entrée
6 - Cave
3 - Chambre
5 - Cuisine

1 - Garage
4 - Salon
7 - Séjour

SOLUTION P.86

NOUVELLE MISSION

Sherlock apprend au docteur Watson
qu'ils doivent partir en mission.

Voici comment il lui a indiqué leur destination :

Mon premier désigne
par exemple la peinture
et la sculpture,

Mon deuxième désigne
un homme qui n'est
pas méchant,

Mon troisième est
le croisement des lacets
pour les serrer,

Mon tout est le pays
où nous irons enquêter.

De quel pays s'agit-il ?

SOLUTION P.86

n°5

ILLISIBLE

Scotland Yard vient de recevoir un indice sous forme de message codé qui révèle où est caché le butin d'une bande de gangsters. L'inspecteur Lestrade n'arrive pas à le lire mais, heureusement, Sherlock n'est pas loin.

Peux-tu les aider, sachant que ce message contient le mot « sous » ?

MFT CJMMFUT TPOU
TPVT MF UBQJT.

INDICE

Recule chaque lettre d'une place dans l'ordre alphabétique.

SOLUTION P.86

n°6

DÉTENTE

Après une semaine d'enquête difficile, Sherlock Holmes rejoint son ami le docteur Watson à une partie de fléchettes. Watson lance sa première fléchette dans le 19. Son objectif est d'atteindre 39 points au total. Il lui reste deux fléchettes qui doivent être plantées dans deux tranches de couleurs différentes. Attention : les trois fléchettes ne peuvent être ni dans une même tranche, ni dans deux tranches voisines.

Où doit-il viser ?

SOLUTION P.86

n°7

DESTINATION

Sherlock Holmes est arrivé trop tard pour arrêter le professeur Moriarty qui s'est enfui à bord d'un bateau. Le détective interroge alors un marin sur la direction de ce paquebot. Voici ce qu'il lui a répondu :

Mon premier est la première lettre de l'alphabet,

Mon deuxième est le cinquième mois de l'année,

Mon troisième est une céréale qui pousse en Asie,

Mon quatrième est derrière le chien et le chat,

Mon tout est la destination de ce paquebot.

Que veut dire le marin ?

SOLUTION P.86

QUESTION DE PLACE

Sherlock Holmes a une liste d'indices pour trouver le lieu du crime. Il sait qu'il doit placer ces mots dans la grille, puis relever les lettres des cases colorées pour élucider le mystère.

Peux-tu l'aider ?

Cape
Clavier
Lunettes
Montre
Tapis

Le lieu recherché est :

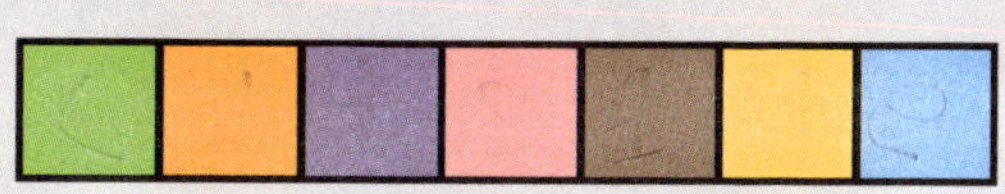

INDICE
Aide-toi du nombre de lettres de chaque mot.

SOLUTION P.86

n°9

UN PEU DE PIQUANT !

Arrivé sur les lieux du crime, Sherlock Holmes observe la scène et trouve plusieurs objets. Il ne sait pas lequel est l'arme du crime. Au même moment, une pierre brise la fenêtre. Le détective ramasse le projectile sur lequel est gravé un indice :
« Elle glisse ses dents entre les dents des autres. »

SOLUTION P.87

RANGEMENTS

Madame Hudson met un peu d'ordre dans le bureau du docteur Watson. Elle écrit sur l'étiquette de chaque boîte le nombre d'objets qu'elle y a rangés. Le nombre correspond aussi à l'addition des deux nombres juste en dessous.

Peux-tu l'aider à compléter les étiquettes ?

SOLUTION P.87

n°11

PHOTO DE FAMILLE

Pour avancer dans l'enquête, le détective privé doit compléter cette suite logique. Les cinq lettres manquantes lui permettront d'ajouter un suspect à sa liste.

Peux-tu aider Sherlock Holmes ?

J - F - ... - ... - ... - J -
J - ... - S - O - ... - D

INDICE

Il y en a douze dans une année.

SOLUTION P.87

n°12

UN AIR DE FAMILLE

Un témoin arrive à Scotland Yard. Lestrade la reconnaît tout de suite, c'est la fille du frère de l'inspecteur.

As-tu deviné qui est cette personne par rapport à l'inspecteur ?

SOLUTION P.87

n°13

PHOTO COUPÉE

Le professeur Moriarty a voulu détruire une preuve en découpant cette photo. Sherlock Holmes veut remettre les bandes dans le bon ordre pour recomposer l'image d'origine et découvrir le métier du complice.

Peux-tu l'aider ?

Le complice est :

_ _ _ _ _ _ _ _

SOLUTION P.87

n°14

LA BONNE DIRECTION

En allant à la gare, le docteur Watson croise sur son chemin trois policiers accompagnés de trois chiens.

Peux-tu dire combien de personnes vont à la gare ?

SOLUTION P.87

n°15

PRÉCAUTION

Pour comprendre ce que dit le détective
au docteur Watson, lis le rébus.

SOLUTION P.87

EMPREINTES

Sherlock Holmes a sorti sa loupe pour observer des empreintes d'un peu plus près. Les deux qui sont parfaitement identiques sont celles de Moriarty.

Peux-tu l'aider à les retrouver ?

SOLUTION P.87

n°17

LE JOUR J

Sherlock Holmes ne sait pas quand aura lieu la prochaine tentative de cambriolage du terrible Moriarty. Il a appris par hasard qu'il passera à l'action un jour à deux syllabes qui se trouve entre deux jours à trois syllabes.

Quel est ce jour ?

SOLUTION P.87

n°18

BROUHAHA

Tous les témoins parlent en même temps,
Sherlock Holmes n'y comprend plus rien.

Rends à chaque personnage la bulle qui lui correspond.

SOLUTION P.87

n°19

MOITIÉ - MOITIÉ

La moitié d'un vase chinois d'une grande valeur a disparu. L'autre moitié est sous les yeux des policiers de Scotland Yard, au milieu d'autres vases brisés.

Aide-les à recoller les morceaux pour retrouver celui qui n'a plus sa moitié.

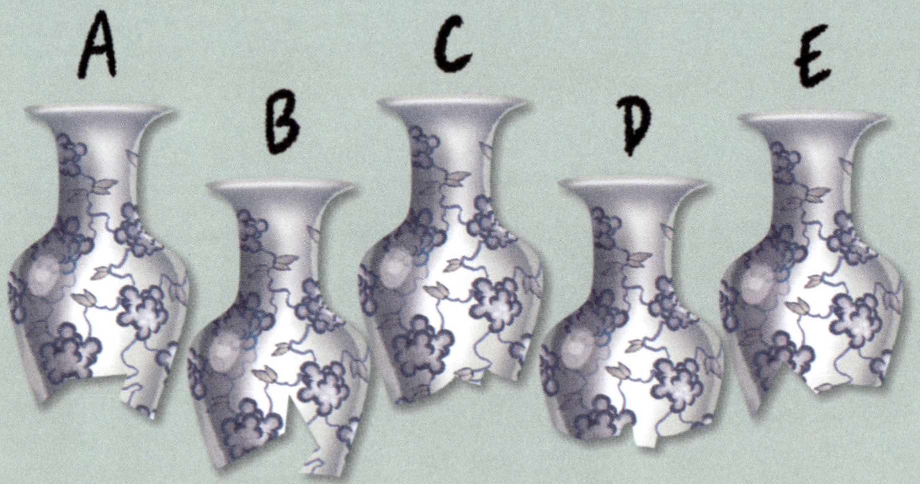

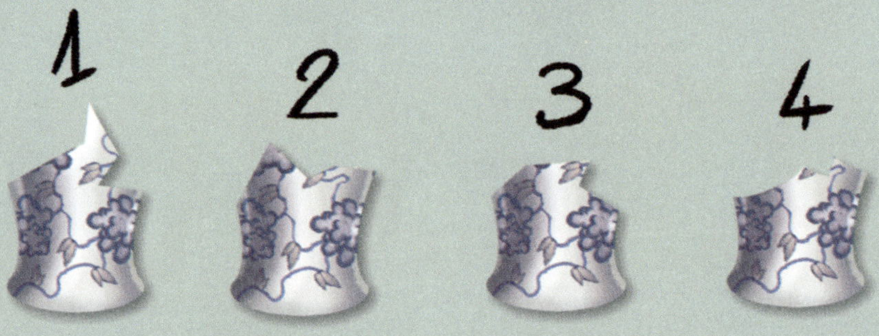

SOLUTION P.88

n°20

DESCRIPTION

Sherlock Holmes est à la recherche d'un suspect. Ce n'est pas le plus petit ni le plus grand. Il n'est pas à côté de celui qui a un chapeau, n'a pas de cravate, et n'a pas les yeux bleus.

L'as-tu reconnu ?

SOLUTION P.88

n°21

DANGEREUX

Moriarty est entré par effraction. Plusieurs objets sont sur le sol, mais Sherlock Holmes ne sait pas lequel a été utilisé. L'inspecteur Lestrade lui donne alors la seule information qu'ils ont obtenue du complice : « Quand on les réunit, ils séparent. »

SOLUTION P.88

n°22

DE FIL EN AIGUILLE

Sherlock Holmes fouille dans les tiroirs à la recherche d'un indice. Il commence par le tiroir M. Pour savoir où regarder ensuite, il doit trouver le tiroir qui contient un objet commun avec les objets du tiroir M, et ainsi de suite.

Note les lettres de chaque tiroir dans le bon ordre pour trouver la piste à suivre.

SOLUTION P.88

n°23

LE BON PLAN

Moriarty a volé les plans du château, mais un seul correspond exactement à la bâtisse. En observant la forme extérieure du château et en la comparant avec les plans, il devrait retrouver le bon.

Et toi, as-tu trouvé quel est le vrai plan du château ?

INDICE

Un cercle correspond à une tour.

SOLUTION P.88

BRILLANT !

Le chien Voyou a retrouvé toutes les pierres précieuses dérobées par Moriarty. Sherlock sait qu'elles sont toutes fausses, sauf une. Mais laquelle ? Pour la trouver, il doit écrire dans la grille le nom de chaque pierre, puis relever les lettres des cases colorées. Un indice apparaîtra ! Peux-tu l'aider ?

INDICE

Aide-toi du nombre de lettres de chaque mot et de leurs croisements.

La vraie pierre est :

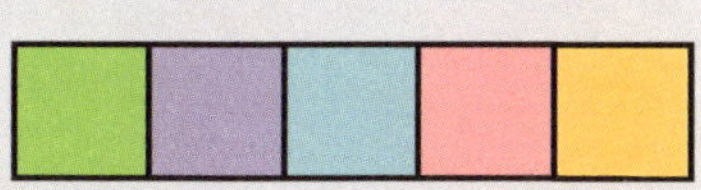

SOLUTION P.88

n°25

CURIEUX

Sherlock Holmes interroge le témoin. Celui-ci semble parler d'une personne qu'il a vue, mais ce qu'il dit n'éclaire pas beaucoup le détective.

De qui parle ce témoin ?

INDICE

Il y a un jeu de mots... Toi aussi, tu l'as peut-être vu ce matin.

SOLUTION P.88

n°26

MESSAGE OBSCUR

Le docteur Watson vient de recevoir un indice sous forme de message codé. L'indice révèle quand aura lieu un vol de tableaux au British Museum.

Peux-tu l'aider à le décoder sachant que ce message contient le mot « quand » ?

12.5 22.15.12.5.21.18
5.14.20.18.5.18.1
17.21.1.14.4
12.5 7.1.18.4.9.5.14
19.5.14.4.15.18.13.9.18.1

INDICE

Remplace chaque nombre par la lettre correspondante dans l'ordre alphabétique.

SOLUTION P.88

n°27

ENGLISH

Pour avancer dans l'enquête, Sherlock Holmes doit compléter cette suite logique. Les deux lettres manquantes lui indiqueront l'indice qu'il doit prélever.

... - T - T - F - F - ... - S - E - N - T

Peux-tu l'entourer parmi les objets ci-dessous ?

INDICE

Il faut savoir compter en anglais.

SOLUTION P.88

n°28

PARTAGE

Le professeur Moriarty partage son butin avec ses complices. Il répartit les billets et écrit sur chaque enveloppe la somme qu'il leur a donnée. Le nombre correspond aussi à l'addition des deux enveloppes juste en dessous. Moriarty a choisi de prendre l'enveloppe bleue.

Peux-tu calculer combien il va gagner ?

SOLUTION P.89

n°29

CONNAISSANCE

Une personne frappe à la porte du 221B, Baker Street. Madame Hudson le reconnaît, c'est le fils du père de madame Hudson.

As-tu deviné qui est cette personne par rapport à madame Hudson ?

SOLUTION P.89

n°30

LA LISTE

Sherlock Holmes a une liste de suspects. Pour connaître le coupable, il doit écrire chaque mot de la liste ci-dessous dans la grille en s'aidant des chiffres. Il verra alors apparaître dans la colonne colorée le métier de la personne qu'il cherche. Qui est le coupable ?

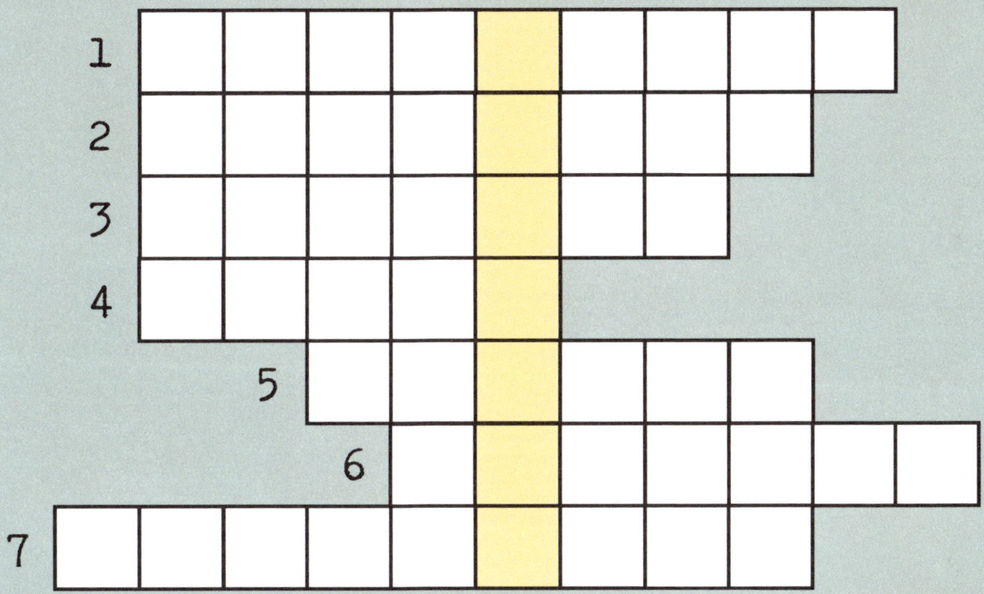

6 - Artiste
7 - Concierge
2 - Forgeron
3 - Luthier
4 - Maçon
5 - Potier
1 - Sculpteur

SOLUTION P.89

n°31

SUR LA PISTE

Le chien Voyou est sur la piste de Moriarty. Pour l'aider à aller du mot CHIEN au mot FLAIR, trouve le terme correspondant à chaque définition. Pour chaque, tu dois garder les mêmes lettres que celles du mot précédent. Tu peux les mélanger et en ajouter une ou en retirer une.

Peux-tu aller jusqu'au mot FLAIR ?

1 - Voyou en est un.
2 - On y voit des films.
3 - Ne veut pas avouer.
4 - Remplace "non plus".
5 - Neuvième lettre de l'alphabet.

6 - Il a pouffé, il a .... .
7 - On le respire.
8 - Le train roule dessus.
9 - Le chien Voyou en a !

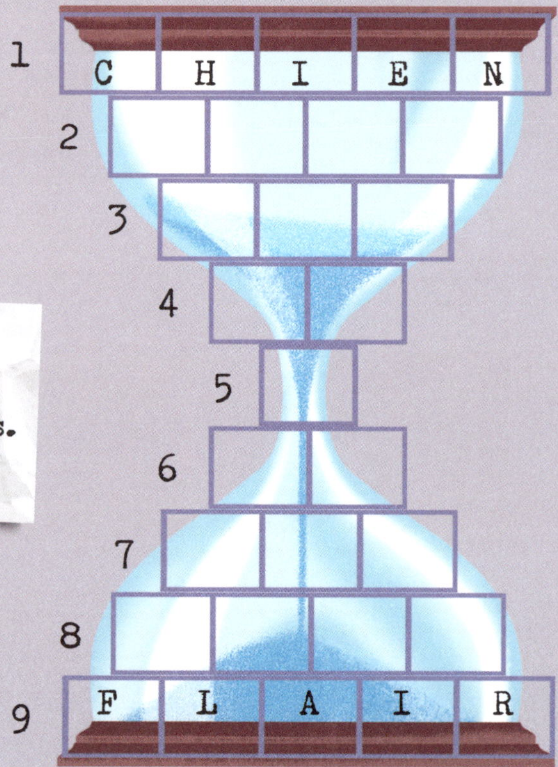

SOLUTION P.89

n°32

AU FEU !

C'est la panique dans Baker Street ! Un incendie s'est déclaré à Londres et il double de taille à chaque heure. En six heures, l'incendie a déjà ravagé la moitié de la ville.

Sais-tu dans combien de temps le feu aura fait disparaître la ville ?

SOLUTION P.90

n°33

SÉSAME

Moriarty sait que le trésor est derrière cette porte.
Il a plusieurs clefs, mais il ne sait pas laquelle est la bonne.
En comparant les dents de chaque clef avec le trou
de la serrure, il trouvera celle qui ouvre la porte.

Peux-tu l'aider ?

SOLUTION P.90

LE VIDE

Sherlock Holmes entraîne le docteur Watson à éveiller son esprit de déduction. Il lui montre un verre et lui dit : « On en trouve dans une carafe, une cruche ou dans un broc, mais jamais dans un verre. » Le docteur Watson réfléchit...

Et toi, as-tu trouvé ?

INDICE

Regarde les lettres de chaque mot.

SOLUTION P.90

n°35

POURSUITE

Sherlock Holmes a trouvé un papier déchiré en morceaux. En recomposant les mots de la liste, il lui restera deux morceaux qui désigneront la piste qu'il doit suivre. Aide-le à trouver le mot qui ne fait pas partie de la liste.

Bosquet - Campagne - Forêt - Pinède - Taillis

FO	TAi	CA	Pi
GNE	BO	RÊT	NÈ
SQ	MPA	JAR	LL
DiN	UET	iS	DE

SOLUTION P.90

n°36

LE BON JOUR

Sherlock Holmes et le docteur Watson ont prévu
de commencer leur nouvelle enquête dès demain.
C'est un jour qui commence comme tous les autres finissent.

Quel est ce jour ?

SOLUTION P.90

n°37

LIVRAISON

Le docteur Watson explique ce qu’il s’est passé à Sherlock Holmes. Pour comprendre ce qu’il lui dit, lis le rébus.

SOLUTION P.90

n°38

LES NŒUDS

Moriarty a prévu une corde pour s'échapper.
Au moment de la sortir de son sac, il s'aperçoit qu'elle est tout emmêlée. S'il tire sur les deux extrémités, certains nœuds vont se défaire et d'autres vont se serrer.

Combien de nœuds y aura-t-il sur sa corde ?

SOLUTION P.90

n°39

DÉCOUVERTE

Le docteur Watson lit dans le journal qu'une nouvelle grotte préhistorique vient d'être découverte par des enfants. Les photos montrent des peintures magnifiques : on y voit des rennes, des empreintes de mains, la silhouette d'un diplodocus, une scène de chasse au mammouth... Watson montre le journal à son ami Sherlock Holmes qui, immédiatement, rit aux éclats en lui annonçant qu'il s'agit d'une fausse grotte.

Pourquoi Sherlock Holmes pense-t-il cela ?

SOLUTION P.90

LA PREUVE

Le chien Voyou a trouvé un indice. Sherlock Holmes doit écrire chaque mot de la liste ci-dessous dans la grille en s'aidant des chiffres. Puis, dans la colonne colorée, il découvrira l'objet trouvé par Voyou.

Peux-tu l'aider ?

3 - Empreinte
1 - Marque
4 - Piste
5 - Preuve
6 - Trace
2 - Voie

SOLUTION P.90

n°41

TACHES D'ENCRE

Le docteur Watson a renversé son encrier sur le message envoyé par Sherlock Holmes. Pour lire ce message, il doit remplacer chaque tache par la lettre correspondante.

Aide le docteur Watson à lire cette lettre.

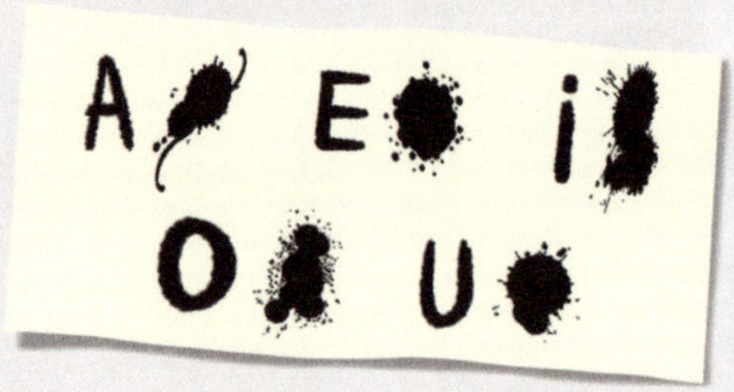

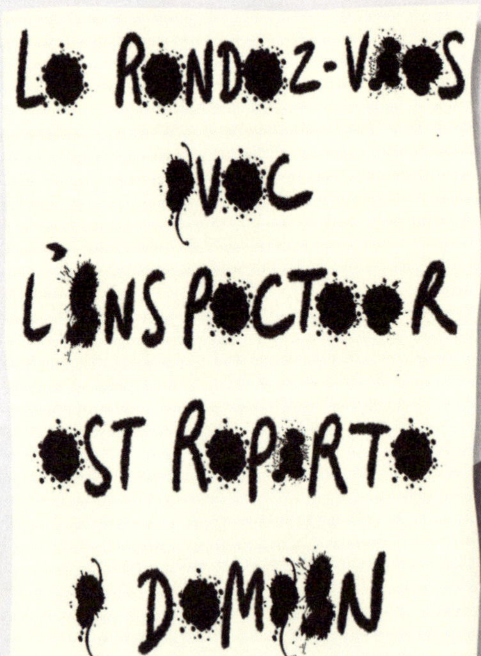

SOLUTION P.90

LA BOTTE

Le docteur Watson a reçu une lettre de Sherlock Holmes.
Pour lui indiquer où il se trouve en ce moment,
voici ce que le détective lui a écrit :

Mon premier est la neuvième lettre de l'alphabet,

Mon deuxième est un possessif féminin,

Mon troisième est le meuble sur lequel on se couche le soir,

Mon tout est le pays d'où je vous écris.

Mais où est donc Sherlock Holmes ?

SOLUTION P.91

n°43

PRÉCIPITATION

Lorsque la complice de Moriarty s'est enfuie, elle a perdu un objet. Les relevés d'empreintes ont été faits et le détective sait lequel lui appartient. Mais le docteur Watson ne le sait pas encore. Sherlock s'en amuse et lui donne comme indice : « Elle peut être de radis, de foin ou de cavalier. »

De quel objet s'agit-il ?

SOLUTION P.91

n°44

INTERCEPTION

Le gardien de prison vient d'attraper un message codé qu'un prisonnier essayait d'envoyer à un autre.

Peux-tu l'aider à le comprendre, sachant que ce message contient le mot « cartes » ?

INDICE
Recule chaque lettre d'une place dans l'ordre alphabétique.

PO TF
SFUSPVWF
EBOT MB
DPVS
QPVS VOF
QBSUJF EF
DBSUFT ?

SOLUTION P.91

n°45

LA COMPLICE

Le professeur Moriarty a encore détruit une preuve en déchirant cette photo. Sherlock Holmes remet les morceaux dans le bon ordre pour recomposer l'image d'origine et découvrir le métier du complice.

Peux-tu l'aider ?

La complice est :

_ _ _ _ _ _ _ _ _

SOLUTION P.91

BIBLIOTHÈQUE

L'inspecteur Lestrade cherche un indice caché dans la bibliothèque, mais il ne sait pas dans quel livre. Pour le découvrir, il doit écrire les titres des livres dans la grille, puis relever les lettres des cases colorées et les remettre dans l'ordre.

INDICE

Aide-toi du nombre de lettres de chaque mot et de leurs croisements.

Album - Grimoire - Manuscrit - Recueil - Roman

Le livre recherché est un :

SOLUTION P.91

n°47

RENCONTRE

Le docteur Watson se promène sur les bords de la Tamise et croise une personne qu'il reconnaît au premier coup d'œil. C'est le fils de la sœur du docteur.

As-tu deviné qui est cette personne par rapport au docteur Watson ?

SOLUTION P.91

n°48

PAUSE

Sherlock Holmes et son cher Watson se retrouvent pour leur rituelle partie de fléchettes. Le détective lance sa première fléchette dans le 15. Son objectif est d'atteindre 32 points au total. Il lui reste deux fléchettes qui doivent être plantées dans deux tranches de couleurs différentes. Attention, les trois fléchettes ne peuvent être ni dans une même tranche, ni dans deux tranches voisines.

Où doit-il viser ?

SOLUTION P.91

n°49

EXPÉRIENCE

Pour réaliser son expérience, le docteur Watson a utilisé l'agitateur, la verrerie, la spatule, le flacon et pour finir…

Que va-t-il utiliser, la pipette ou le pilon ?

INDICE

Compte le nombre de lettres de chaque ustensile, il y a une suite logique cachée !

SOLUTION P.92

n°50

VACARME

C'est la panique ! L'inspecteur Lestrade est arrivé au musée, mais il ne comprend rien, tout le monde parle en même temps.

Rends à chaque personnage la bulle qui lui correspond.

SOLUTION P.92

n°51

CACHETTE

Le professeur Moriarty a enterré les bijoux dans le jardin. Il recouvre chaque trou d'une pierre sur laquelle il écrit le nombre de bijoux enfouis. Chaque nombre correspond à l'addition des deux pierres juste en dessous.

Peux-tu l'aider à compléter chaque pierre ?

SOLUTION P.92

n°52

TRACE DE PAS

Sherlock Holmes a sorti sa loupe pour observer d'un peu plus près les traces de pas laissées sur le sol. Celles de Moriarty et de son complice sont les seules dont les deux pieds sont parfaitement symétriques.

Peux-tu l'aider à les retrouver ?

SOLUTION P.92

n°53

INTERROGATOIRE

Trois cambrioleurs sont interrogés par l'inspecteur Lestrade. Le problème est qu'ils mentent toujours. Le premier accuse le deuxième, le deuxième avoue tout et le troisième accuse le premier.

Qui faut-il arrêter ?

SOLUTION P.92

n°54

DÉNONCIATION

Le complice avoue tout à Sherlock Holmes.
Pour comprendre ce qu'il lui dit, lis le rébus.

SOLUTION P.92

n°55

VERRE BRISÉ

En s'échappant par la fenêtre, Moriarty a cassé la vitre. Mais parmi les morceaux trouvés au sol, Sherlock Holmes en a repéré un qui est en trop. Étrange !

L'as-tu trouvé ?

INDICE

Décalque les morceaux de verre et reporte-les sur la vitre.

SOLUTION P.92

QUOI ?

Un témoin a écrit une lettre à Sherlock Holmes,
mais il était si effrayé qu'il a mis des taches d'encre partout.

Peux-tu aider Sherlock à décrypter la lettre
grâce au code ci-dessous ?

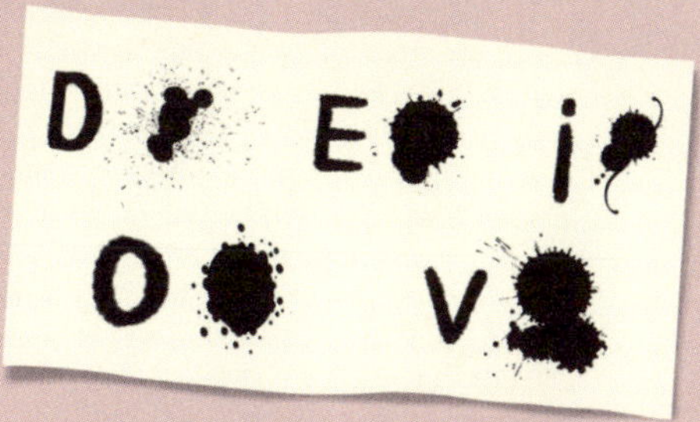

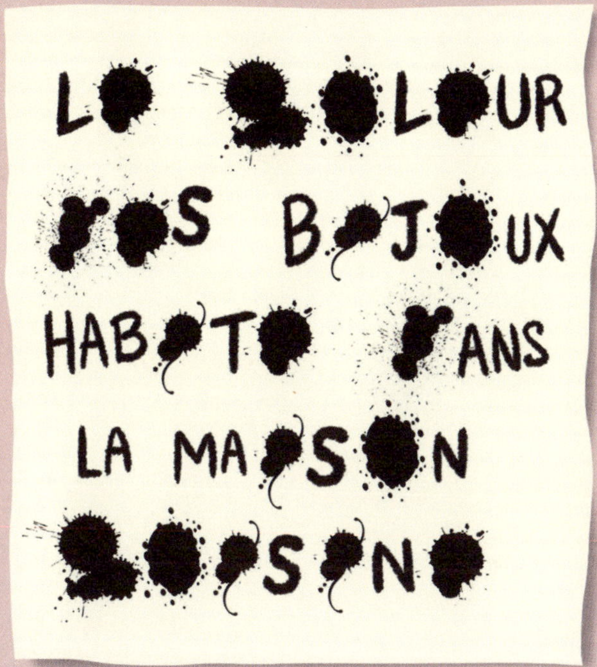

SOLUTION P.92

n°57

TOUT VIENT À POINT

Il y a longtemps que Sherlock Holmes espère prendre un jour de repos avec son ami le docteur Watson. Ce sera le jour qui n'a ni le moins de lettres ni le plus de lettres de tous les jours de la semaine.

As-tu trouvé quand ils pourront se reposer ?

SOLUTION P.92

QUI EST QUI ?

Le professeur Moriarty a rassemblé plusieurs malfrats.
Raka est entre Lulu et Juju. Lulu est entre Raka et Fanfan.
Juju est à côté de Pat. Fanfan est le premier à gauche.

Peux-tu redonner à chacun son prénom ?

SOLUTION P.92

UN PEU D'ORDRE !

En rangeant les affaires de Sherlock, madame Hudson a retrouvé ce qu'il cherchait. Pour découvrir de quoi il s'agit, écris chacun de ces mots dans la grille en t'aidant des chiffres. Ensuite, il te suffira de lire la colonne colorée !

7 - Bague
2 - Écharpe
1 - Encrier
3 - Gants
5 - Gilet
4 - Pipe
6 - Tasse

As-tu trouvé ce que mister Holmes avait égaré ?

SOLUTION P.93

MISE À PLAT

Sherlock Holmes dispose tous les indices dans un ordre bien précis sur la table : une ampoule, un bracelet, une chaussure, un dentier...

Quel est le prochain indice, une friandise ou un encrier ?

INDICE

Regarde l'initiale de chaque indice.

SOLUTION P.93

n°61

LA CAVALE

Moriarty a volé les plans de la prison pour aider ses complices à s'échapper. Mais un seul correspond exactement à la bâtisse. En observant la forme extérieure de la prison et en la comparant avec les plans, il doit retrouver le bon.

Et toi, as-tu trouvé le vrai plan de la prison ?

SOLUTION P.93

n°62

L'OBJET PERDU

Le chien Voyou a emporté quelque chose qui appartient à madame Hudson... la pauvre, elle fouille dans tous ses tiroirs ! Elle commence par le premier tiroir et passe au suivant en trouvant l'objet qu'ils ont en commun, et ainsi de suite.

Note les lettres de chaque tiroir dans le bon ordre pour découvrir ce que Voyou a chipé.

SOLUTION P.93

n°63

L'ENVIE

Sherlock Holmes regarde le docteur Watson et lui dit : « Ce dont j'ai envie fait partie d'une ampoule ou d'une bougie, mais la lampe n'en a pas. » Le docteur Watson, qui a compris la blague de son ami, se rend dans la cuisine...

Que va-t-il chercher dans la cuisine ?

INDICE

Regarde les lettres de chaque mot.

SOLUTION P.93

n°64

SUR LE RETOUR

Sherlock Holmes rentre chez lui. Pour aller de la TAMISE à sa MAISON, trouve le mot correspondant à chaque définition. Pour chaque, tu dois garder les mêmes lettres que celles du mot précédent. Tu peux les mélanger et en retirer une ou en ajouter une.

1. Fleuve à Londres.
2. Copines.
3. Il planta des graines.
4. Les miennes.
5. Me, te, ...
6. Dix-neuvième lettre de l'alphabet.
7. Carte la plus forte.
8. Le nombre d'années.
9. En bonne santé.
10. Elles ont dix doigts.
11. Celle de Sherlock est au 221B Baker Street.

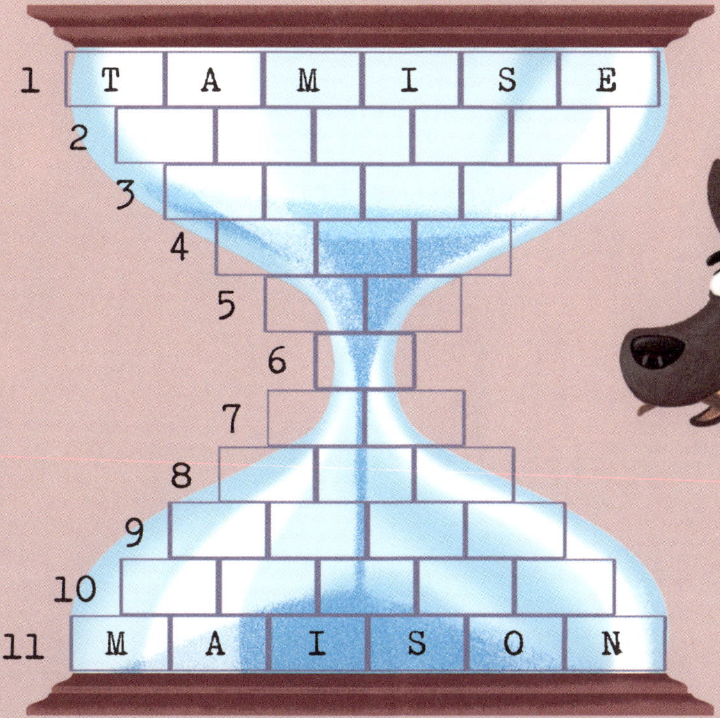

SOLUTION P.93

n°65

MESSAGE CURIEUX

Deux complices s'envoient des messages secrets.
Pour aider l'inspecteur à découvrir où ils ont rendez-vous, déchiffre ce message, sachant qu'il contient le mot « porte ».

15.14 19.5
18.5.20.18.15.21.22.5
1 12.1 16.15.18.20.5
4.5 19.15.18.20.9.5
4.5 12.'5.7.12.9.19.5

INDICE

Remplace chaque nombre par la lettre correspondante dans l'ordre alphabétique.

SOLUTION P.94

n°66

ENFERMÉ

Moriarty a dérobé les clefs du gardien du musée. En comparant les dents de chaque clef avec le trou de la serrure, il trouvera celle qui ouvre la porte de la grande galerie.

Et toi, as-tu trouvé la bonne clef ?

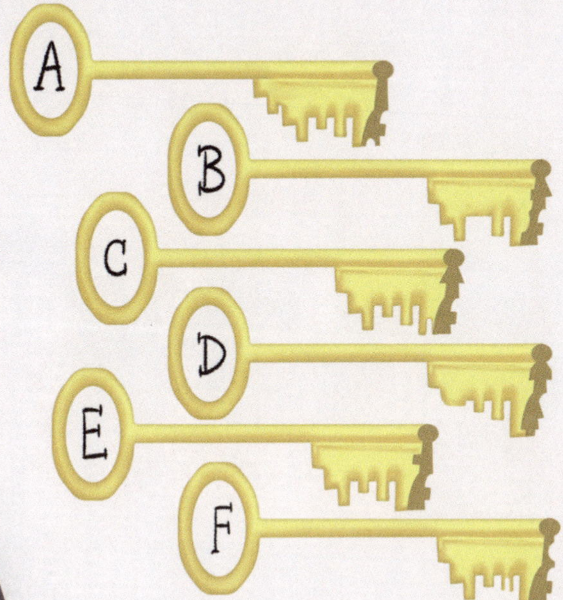

SOLUTION P.94

n°67

LA DISPARITION

Sherlock Holmes ne sait pas ce qui a été volé. Pour le découvrir, il doit placer les mots notés dans son carnet sur la grille, puis relever les lettres des cases colorées.

Peux-tu l'aider ?

L'objet volé est une :

INDICE

Aide-toi du nombre de lettres de chaque mot.

SOLUTION P.94

n°68

PRISONNIERS

Les prisonniers portent tous un numéro de matricule.
Le surveillant les place en triangle pour que chaque nombre corresponde à l'addition des deux prisonniers qui le suivent (numéros juste en dessous).

Peux-tu aider le gardien en complétant les uniformes ?

SOLUTION P.94

n°69

CAFÉ

Madame Hudson a renversé du café sur le message envoyé par l'inspecteur Lestrade. Pour lire ce message, Sherlock Holmes doit remplacer chaque tache par la lettre correspondante.

Aide le détective à lire cette lettre.

SOLUTION P.95

n°70

BIZARRE

Le policier est tout excité, il a vu le coupable.
Mais il bafouille tellement que l'inspecteur
ne comprend pas ce qu'il dit.

INDICE

Il y a un jeu de mots...
Tu aimes peut-être
le caresser.

À ton avis, l'inspecteur
a-t-il mal entendu ?

SOLUTION P.95

n°71

PRÉSENTATION

Le professeur Moriarty n'a pas besoin de faire les présentations avec la nouvelle recrue. C'est la sœur de son propre fils.

As-tu deviné qui est cette personne par rapport au professeur ?

SOLUTION P.95

n°72

ATTENTE

En attendant de passer à l'action, deux complices font une partie de fléchettes. Lulu lance sa première fléchette dans le 6. Son objectif est d'atteindre 28 points au total. Il lui reste deux fléchettes qui doivent être plantées dans deux tranches de couleurs différentes. Attention, les trois fléchettes ne peuvent être ni dans une même tranche ni dans deux tranches voisines.

Où doit-elle viser ?

SOLUTION P.95

n°73

TROUVAILLE

Sherlock Holmes apprend au docteur Watson qu'il a retrouvé les bijoux. Pour lui indiquer le pays où ils se trouvent, voici ce que le détective lui dit :

Où étaient cachés les bijoux ?

SOLUTION P.95

n°74

FLACONS

Le docteur Watson a cinq flacons remplis de médicaments.
Il doit les ranger dans le bon ordre, sachant que :

- Les pastilles sont entre les granulés et les comprimés.
- Les gélules ne sont pas à côté des pastilles et des granulés.
- Les ampoules sont dans le dernier flacon à droite, juste à côté des gélules.

Aide le docteur Watson à ne pas se tromper !

SOLUTION P.95

n°75

BLING !

En rentrant chez lui, mister Smith découvre que quelque chose a été cassé. Il téléphone à la police et explique que l'objet peut être de carte, sur un kilt, ou de carrelage.

As-tu trouvé l'objet cassé ? Entoure-le !

SOLUTION P.95

n°76

ÉGARÉ

L'inspecteur Lestrade a égaré sa carte professionnelle. Mais, sur sa table de nuit, il a trouvé un papier déchiré en morceaux. En recomposant les mots de la liste, il lui restera deux morceaux qui désigneront l'endroit où il a rangé sa précieuse carte. Aide-le à trouver le mot qui ne fait pas partie de la liste.

`Placard - Tiroir - Dossier - Armoire - Penderie`

PL	DO	PEN	AR
TIR	ACA	MOI	SS
IER	PO	RE	OIR
DE	RIE	RD	CHE

SOLUTION P.95

n°77

FUITE

Un témoin raconte à Sherlock Holmes ce qu'il a vu.
Pour comprendre ce qu'il lui dit, déchiffre le rébus.

SOLUTION P.95

L'ALERTE

Sherlock Holmes a été appelé en urgence par Scotland Yard. Ce n'était ni la veille de mardi, de jeudi, de vendredi ou de dimanche, ni le lendemain de lundi ou de jeudi.

Quel jour a-t-il été appelé ?

SOLUTION P.95

n°79

BONNE CUISINIÈRE

Madame Hudson prépare le repas pour le docteur Watson et Sherlock Holmes. Elle prend du sel, du lard, du sucre, un oignon et…

Que lui manque-t-il pour sa recette, un poivron ou de la farine ?

INDICE
Compte le nombre de lettres de chaque ingrédient.

SOLUTION P.95

n°80

QUI EST LE COUPABLE ?

Le coupable du cambriolage de la pauvre lady Pope
se trouve bien parmi ces six suspects.
Voyou s'approche en grognant, il a flairé quelque chose.
À ton avis, qui Voyou va-t-il désigner ?

Indices :
Le coupable ne porte pas de lunettes.
Il n'est pas le plus près de la porte.
Il porte un bijou.
Il n'est ni chauve, ni barbu.

SOLUTION P.95

SOLUTIONS

Énigme 1 p. 6
C'est Mary la coupable (C-mât-riz-la-cou-pas-bleu).

Énigme 2 p. 7
« On se retrouve devant le commissariat en fin d'après-midi. »

Énigme 3 p. 8
Moriarty s'est enfui par le grenier.

		1	G	A	R	A	G	E	
			2	E	N	T	R	É	E
3	C	H	A	M	B	R	E		
		4	S	A	L	O	N		
		5	C	U	I	S	I	N	E
			6	C	A	V	E		
	7	S	É	J	O	U	R		

Énigme 4 p. 9
Sherlock et Watson partent en Argentine (art-gentil-nœud).

Énigme 5 p. 10
Les billets sont sous le tapis.

Énigme 6 p. 11
Les fléchettes doivent être plantées dans les tranches 6 et 14 car :
$19 + 6 + 14 = 39$.

Énigme 7 p. 12
Le professeur a embarqué pour l'Amérique (A-mai-riz-queue).

Énigme 8 p. 13
Le crime a eu lieu dans la cuisine. →

						C		
						L		
					C	A	P	E
		M				V		
		O				I		
L	U	N	E	T	T	E	S	
		T		A		R		
		R		P				
		E		I				
				S				

Énigme 9 p. 14
Il s'agit de la fourchette.

Énigme 10 p. 15

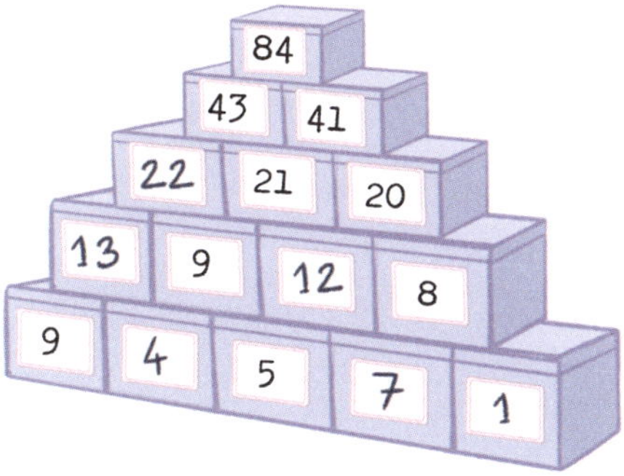

Énigme 11 p. 16
Le suspect supplémentaire est la maman de la famille. En effet, les lettres M - A - M - A - N sont les initiales des mois de l'année (mars, avril, mai, août, novembre) qui complètent la suite : J - F - **M** - **A** - **M** - J - J - **A** - S - O - **N** - D.

Énigme 12 p. 17
C'est sa nièce.

Énigme 13 p. 18
Il est plombier.

Énigme 14 p. 19
Une seule : Watson! Le docteur a croisé les policiers en allant à la gare, donc eux n'y vont pas, ils en reviennent.

Énigme 15 p. 20
Il ne faut pas descendre dans la piscine
(île-nœud-faux-pas-dé-cendre-dent-la-pis-scie-nœud).

Énigme 16 p. 21
Ce sont les empreintes 4 et 8.

Énigme 17 p. 22
Ce sera un jeudi.

Énigme 18 p. 23
A-3. B-4. C-1. D-2.

Énigme 19 p. 24
C'est la moitié D. Les autres moitiés forment 4 vases : A-3, B-1, C-4 et E-2.

Énigme 20 p. 25
C'est le personnage n° 5.

Énigme 21 p. 26
Ce sont les ciseaux.

Énigme 22 p. 27
Sherlock Holmes doit chercher une personne avec une moustache.

Énigme 23 p. 28
Le bon plan est le C.

Énigme 24 p. 29
La vraie pierre est la bleue : le saphir.

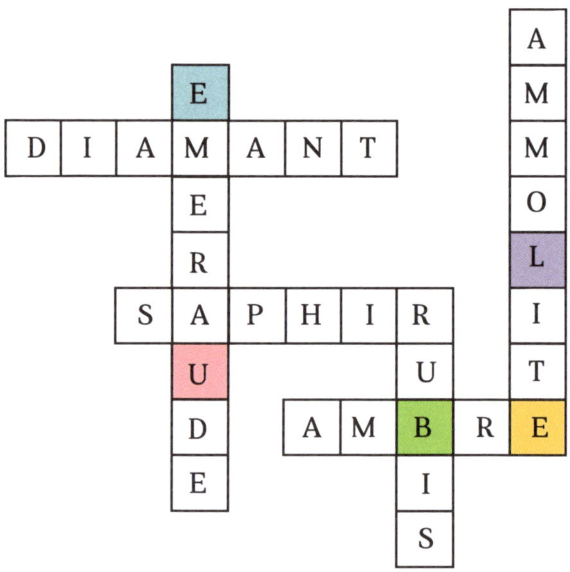

Énigme 25 p. 30
Le témoin ne parle pas d'un imposteur.
Il parle d'un facteur de petite taille (un nain posteur !).

Énigme 26 p. 31
Le voleur entrera quand le gardien s'endormira.

Énigme 27 p. 32
O - S = os.
Ce sont les initiales des nombres en anglais one et six qui complètent la suite : **One** - Two - Three - Four - Five - **Six** - Seven - Eight - Nine - Ten.

Énigme 28 p. 33

Moriarty va gagner 161 livres sterling.

				161				
			81		80			
		42		39		41		
	23		19		20		21	
15		8		11		9		12

Énigme 29 p. 34

C'est son frère.

Énigme 30 p. 35

Le coupable est le peintre.

	1	S	C	U	L	**P**	T	E	U	R	
	2	F	O	R	G	**E**	R	O	N		
	3	L	U	T	H	**I**	E	R			
	4	M	A	Ç	O	**N**					
			5	P	O	**T**	I	E	R		
				6	A	**R**	T	I	S	T	E
7	C	O	N	C	I	**E**	R	G	E		

Énigme 31 p. 36

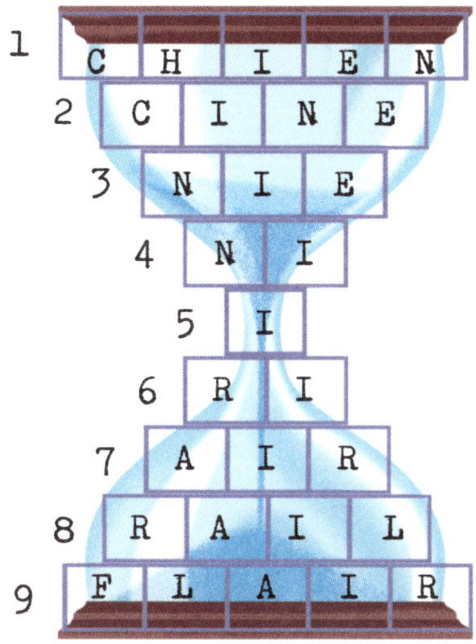

Énigme 32 p. 37
Puisque le feu double de taille à chaque heure et que la moitié de la ville est déjà ravagée, dans une heure toute la ville sera brûlée… sauf si les pompiers réussissent à éteindre le feu bien évidemment !

Énigme 33 p. 38
C'est la clé n° 2.

Énigme 34 p. 39
Il s'agit de la lettre C.

Énigme 35 p. 40
Il doit suivre la piste du jardin.

Énigme 36 p. 41
Ce sera un dimanche. Ce jour commence par la syllabe « di » qui est la dernière syllabe des autres jours de la semaine.

Énigme 37 p. 42
Elle l'a livré pendant que je parlais au téléphone (aile-la-lit-V'-ré-paon-dent-queue-jeu-part-lait-eau-T-lait-faux-nœud).

Énigme 38 p. 43
Il y aura 4 nœuds sur la corde.

Énigme 39 p. 44
C'est une fausse grotte parce qu'il n'y avait plus de dinosaures à l'époque des hommes préhistoriques, ils n'ont donc jamais pu en peindre !

Énigme 40 p. 45
Voyou a trouvé une montre.

						1	M	A	R	Q	U	E
					2	V	O	I	E			
3	E	M	P	R	E	I	N	T	E			
			4	P	I	S	T	E				
					5	P	R	E	U	V	E	
		6	T	R	A	C	E					

Énigme 41 p. 46
Le rendez-vous avec l'inspecteur est reporté à demain.

Énigme 42 p. 47
Italie (I - ta - lit).

Énigme 43 p. 48
Elle a perdu une botte.

Énigme 44 p. 49
Sur le papier était écrit :
« On se retrouve dans la cour pour une partie de cartes ? »

Énigme 45 p. 50
La complice est factrice.

Énigme 46 p. 51
L'indice est caché dans un atlas.

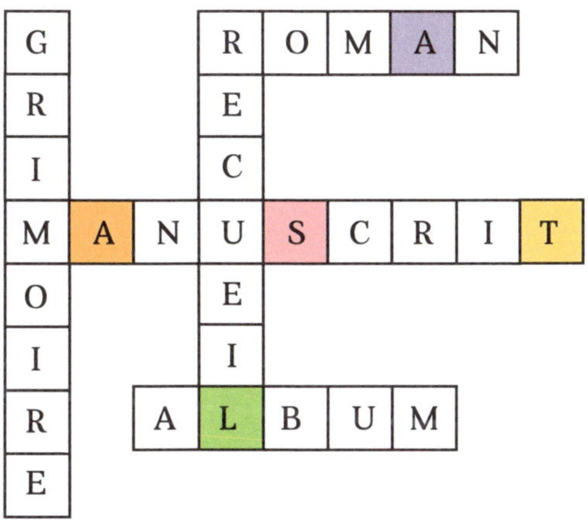

Énigme 47 p. 52
C'est son neveu.

Énigme 48 p. 53
Les fléchettes doivent être plantées dans les tranches 9 et 8 car :
$15 + 9 + 8 = 32$.

Énigme 49 p. 54
Il va utiliser le pilon, car chaque ustensile a une lettre en moins que le précédent.

Énigme 50 p. 55
A-4. B-1. C-2. D-3.

Énigme 51 p. 56

Énigme 52 p. 57
Ce sont les paires d'empreintes 5 et 7.

Énigme 53 p. 58
Il faut arrêter le troisième. Le premier ment, donc ce n'est pas le deuxième. Le deuxième ment, donc ce n'est pas lui. Le troisième ment, donc ce n'est pas le premier.

Énigme 54 p. 59
C'est facile de l'arrêter, il est dans l'écurie (C-fa-cil-2-la-raie-T-île-haie-dent-lait-Q-riz).

Énigme 55 p. 60
C'est le morceau B.

Énigme 56 p. 61
« LE VOLEUR DES BIJOUX HABITE DANS LA MAISON VOISINE. »

Énigme 57 p. 62
Ce sera samedi.

Énigme 58 p. 63
De gauche à droite : Fanfan - Lulu - Raka - Juju - Pat.

Énigme 59 p. 64

Sherlock avait égaré son chapeau.

1		E	N	C	R	I	E	R
2		E	C	H	A	R	P	E
3			G	A	N	T	S	
4		P	I	P	E			
5	G	I	L	E	T			
6			T	A	S	S	E	
7	B	A	G	U	E			

Énigme 60 p. 65

C'est l'encrier, car tous les indices appartiennent à une suite logique : l'initiale de chacun suit l'ordre alphabétique.

Énigme 61 p. 66

C'est le plan D.

Énigme 62 p. 67

Ce sont des ciseaux.

Énigme 63 p. 68

C'est la lettre O, contenue dans les mots « ampoule » et « bougie », mais pas dans le mot « lampe ». Watson est parti chercher de l'eau.

Énigme 64 p. 69

Énigme 65 p. 70
On se retrouve à la porte de sortie de l'église (il faut remplacer chaque nombre par la lettre correspondante dans l'ordre alphabétique).

Énigme 66 p. 71
C'est la clef A.

Énigme 67 p. 72
C'est une valise qui a été volée.

	M	O	N	T	R	E		
				E				
	V			L				
T	A	B	L	E	A	U		
	S			P				
	E			H				
				O				
	E	V	E	N	T	A	I	L
				E				

Énigme 68 p. 73

Énigme 69 p. 74
Nous avons retrouvé la trace de Moriarty.

Énigme 70 p. 75
Non, il a bien entendu, mais le témoin ne parle pas d'un chapitre de livre. Il parle d'une personne qui a un matou rigolo (un chat pitre)!

Énigme 71 p. 76
C'est sa fille.

Énigme 72 p. 77
Les fléchettes doivent être plantées dans les tranches 15 et 7 car :
6 + 15 + 7 = 28.

Énigme 73 p. 78
Bolivie (beau-lit-vie).

Énigme 74 p. 79
De gauche à droite : 1. Granulés - 2. Pastilles - 3. Comprimés - 4. Gélules - 5. Ampoules.

Énigme 75 p. 80
Le carreau... de la fenêtre a été cassé.

Énigme 76 p. 81
Sa carte est tout simplement dans sa poche.

Énigme 77 p. 82
Les deux voleurs couraient vers la forêt (lait-2-veau-L'-heure-cou-raie-vert-la-faux-ré).

Énigme 78 p. 83
C'était un dimanche.

Énigme 79 p. 84
Un poivron, car les ingrédients suivent une suite logique : chacun a une lettre de plus que le précédent.

Énigme 80 p. 85
Le coupable est l'homme au gilet jaune et à la chemise orange.

Retrouve Sherlock Holmes et son équipe
de choc autour de 80 nouvelles énigmes !

PAPIER À BASE DE FIBRES CERTIFIÉES

LAROUSSE s'engage pour l'environnement en réduisant l'empreinte carbone de ses livres. Celle de cet exemplaire est de :
900 g éq. CO_2
Rendez-vous sur www.larousse-durable.fr

Direction de la publication : Sophie Chanourdie
Édition : Magali Corbel
Mise en pages : Agathe Farnault

21, rue du Montparnasse, 75006 Paris
Imprimé en Espagne
Dépôt légal : septembre 2017
320209-01/11036202 - août 2017
Conforme à la loi n° 49956 du 16 juillet 1949
sur les publications destinées à la jeunesse.